BIBLIOTHÈQUE DE LA JEUNESSE CHRÉTIENNE

LES ENFANTS

AU BORD

DE LA MER

PAR C. G.

TOURS
ALFRED MAME ET FILS
ÉDITEURS

BIBLIOTHÈQUE

DE LA

JEUNESSE CHRÉTIENNE

APPROUVÉE

PAR Mᴳᴿ L'ARCHEVÊQUE DE TOURS

——

1ʳᵉ SÉRIE IN-18

en voilà une.

LES ENFANTS

AU BORD

DE LA MER

Par C. G.

NOUVELLE ÉDITION

TOURS

ALFRED MAME ET FILS, ÉDITEURS

—

1870

LES ENFANTS

AU BORD

DE LA MER

Je connais beaucoup une grande fillette de douze ans qui s'appelle Évélina. Je ne parlerai point de ses qualités, parce qu'en bonne justice je serais obligé de dire un mot de ses petits défauts : ce que je ne veux pas faire ici, puisque je l'ai nommée par son nom.

Elle a donc de bien vilains défauts, cette demoiselle Évélina, me demandera peut-être une curieuse, que vous n'osez pas en parler? A cette curieuse je répondrai : Mademoiselle, je n'ai pas de fille; mais si le bon Dieu m'en envoyait une, et qu'elle eût le cœur, le caractère et l'intelligence d'Évélina, je me regarderais comme très-heureux : voilà tout ce que vous saurez. Ne m'interrompez donc plus, écoutez-moi, ou allez ailleurs jouer avec votre poupée.

Un jour de l'automne dernier, Évélina était à son piano, étudiant sa leçon, quand la porte du salon s'ouvrit devant deux de ses amies qu'elle n'avait pas vues depuis plus d'un mois. Évélina poussa un cri de joie, les autres en firent autant, et, selon l'habitude, les petites filles se mirent à s'embrasser en parlant toutes les trois à la fois. Questions et réponses partaient, se croisaient comme les fusées d'un feu d'artifice.

Quelques minutes suffirent pour laisser passer ce flot de paroles, et alors ces demoiselles, un peu calmées parce qu'elles avaient déchargé leur cœur, commencèrent à causer raisonnablement. Écoutons-les.

MARIE.

Nous savons en gros que vous êtes tous allés aux bains de mer, que vous vous êtes beaucoup amusés. Mais cela ne nous suffit pas; il faut, ma petite Évélina, que tu nous racontes cela de fil en aiguille.

BERTHE.

Sans doute; il faut que tu nous donnes en paroles le plaisir que tu as pris, toi, tout de bon.

ÉVÉLINA.

Je ne demanderais pas mieux, si cela était possible. Mais comment voulez-vous que je vous raconte tout ce que j'ai vu, tout ce que nous avons fait? j'en aurais pour huit jours.

BERTHE.

Raison de plus pour commencer tout de suite. D'abord où êtes-vous allés?

ÉVÉLINA.

A Sainte-Marie; c'est un hameau tout près de Pornic. Pornic est un petit port de mer situé sur la côte de Bretagne, à douze kilomètres au sud de l'embouchure de la Loire.

BERTHE.

Au sud! est-ce que tu vas nous parler comme un capitaine de vaisseau? Le sud, est-ce à droite ou à gauche? parle-nous comme tout le monde.

ÉVÉLINA.

Voilà exactement ce que je disais à parrain quand il a commencé à me parler de nord et de sud, d'est et d'ouest pour me désigner la situation de tout ce que nous voyions au loin, ainsi que des côtes, villages, rivières, que nous ne voyions pas.

Mais voici ce que parrain m'a répondu : « Avec ta droite et ta gauche, qui changent chaque fois que tu te retournes, quand tu voudras désigner un lieu ou un objet, tu embrouilleras les autres et tu t'embrouilleras toi-même. Au contraire, avec le nord et le sud, l'est et l'ouest, qui sont des points fixes et bien déterminés dans l'espace, tu indiqueras clairement les positions respectives des objets et des lieux. Or, comme il n'est pas plus difficile de dire au nord qu'à droite, je ne vois pas pourquoi tu n'adopterais pas une manière de parler au moyen delaquelle tutecomprendrais toi-même et tu te ferais comprendre aux autres. » Il m'a fallu quelques jours pour m'accoutumer à cette façon de m'exprimer; mais j'ai bientôt reconnu que parrain avait raison, et quand j'ai quitté Sainte-Marie, j'avais dans la tête toute la carte des environs, et je m'orientais parfaitement.

MARIE.

Autre chose à présent : tu t'orientais? que veut dire ce beau mot-là?

ÉVÉLINA.

S'orienter? s'orienter c'est

savoir où l'on est. Par exemple, je suis dans le Jardin des Plantes ; à cause des arbres, je ne vois ni la Seine, ni Notre-Dame. Eh bien, si sans les voir je parviens à me rendre compte de la direction dans laquelle se trouvent la rivière et Notre-Dame, c'est une preuve que je sais m'orienter.

BERTHE.

Et à quoi cela peut-il servir de savoir s'orienter ?

ÉVÉLINA.

Comment ! à quoi cela peut servir ? Si nous nous trouvions toutes les trois dans un grand parc, et qu'en courant après les papillons nous nous fussions éloignées de la maison, ce n'est qu'en sachant nous orienter que nous retrouverions notre chemin sans faire d'immenses détours.

BERTHE.

Et comment cela, s'il te plaît?

ÉVÉLINA.

Il est clair que si, au moyen du soleil ou d'un clocher que nous apercevons dans le lointain, ou de la pente du terrain, ou de la nature du bois, nous parvenons à nous orienter, c'est-à-dire à savoir de quel côté est la maison par rapport à nous, au sud ou à l'est, par exemple, nous n'aurons qu'à marcher dans cette direction pour y arriver en droite ligne.

MARIE.

Bon, je comprends ; mais cela ne nous apprend pas ce que nous sommes si curieuses de savoir. Vous avez donc passé un grand mois à Sainte-Marie, dans un tout petit village ?

ÉVÉLINA.

Dans un tout petit village. Figurez-vous une pauvre église de campagne, une espèce de grange surmontée d'un clocher ; autour de l'église une trentaine de maisons jetées sans ordre, et au lieu de rues des chemins où en hiver il doit y avoir un pied de boue.

BERTHE.

Et vous ne vous êtes pas ennuyés à mourir dans un pareil endroit!

ÉVÉLINA.

Non; et cela par une raison bien simple, c'est que si la maison que nous avions louée était à Sainte-Marie, nous n'y rentrions que pour manger et dormir: tout le reste de la journée nous étions au bord de la mer, tantôt d'un côté, tantôt de l'autre.

BERTHE.

Et que pouviez-vous y faire?

ÉVÉLINA.

D'abord, prendre tous les jours notre bain ; ensuite, nous promener, chercher des coquillages, ramasser des moules, attraper des crabes, pêcher dans les flaques des petits poissons ; fureter dans les trous, sous les pierres, pour y trouver une foule d'animaux plus drôles, plus curieux les uns que les autres. Que sais-je encore? Ce qu'il y a de certain, c'est que quand l'heure du déjeu-

ner, du dîner ou du coucher
arrivait, nous étions si affairés
que nous demandions tou-
jours des minutes de grâce
pour achever quelque chose
de commencé.

MARIE.

Et comment prend-on les
bains de mer?

ÉVÉLINA.

Voici la manière dont nous
nous baignions. Il se peut
qu'on se baigne avec plus de
cérémonie ailleurs; j'ai en-
tendu parler d'espèces de petites voitures qu'on roulait
dans la mer; mais je n'ai rien
vu de semblable, et je ne puis
vous parler que de la mé-

thode généralement suivie à Pornic et dans les environs.

Nous avions adopté pour prendre nos bains une petite anse située à dix minutes de Sainte-Marie, et presque au pied du phare de Pornic. Cette anse, creusée par la mer dans la ceinture de rochers qui borde la côte depuis Pornic jusqu'à l'embouchure de la Loire, semble avoir été faite exprès pour l'agrément des baigneurs : ils y trouvent une plage du plus beau sable, unie et moelleuse comme un tapis, et si légèrement inclinée, qu'en s'avançant dans l'eau on ne peut craindre d'être brusquement surpris par sa profondeur, puisqu'à chaque pas en avant cette profondeur augmente à peine d'un travers de main.

Au fond de cette anse le gardien du phare place tous les ans une rangée de cabanes qui ressemblent tout à fait aux guérites des soldats, à la seule différence qu'elles sont munies d'une porte pour s'enfermer et d'un carreau de vitre pour les éclairer. Le mobilier de chacune d'elles se compose d'un banc pour s'asseoir, d'un portemanteau et de chevilles pour suspendre ses habits, d'un petit miroir, et

enfin d'une boîte pour placer
sa bourse et sa montre, quand
on en a. C'est dans ces cabanes que nous nous désha-
billions, et que nous mettions
notre costume de bain... un
joli costume, allez! dans lequel on est fagotée à faire
peur: il consiste en un large
pantalon de grosse laine rous-
sâtre, en une blouse fermée
de même étoffe; et il est com-
plété par un serre-tête de
toile cirée, qui empêche les
cheveux d'être mouillés.

Quand chacun avait fait
cette superbe toilette et que
nous étions toutes prêtes,
nous prenions la corde...

BERTHE.

Quelle corde?

ÉVÉLINA.

Tiens, c'est vrai, j'ai oublié de vous parler de la corde.

C'est une corde solidement fixée à la tête de pieux qui s'avancent en ligne droite dans la mer. En allant d'un pieu à l'autre cette corde forme donc une espèce de rampe à laquelle on se tient à deux mains; sans ce point d'appui des fillettes comme nous seraient renversées par les moindres vagues.

C'est donc en suivant la corde que l'on entre dans l'eau, et l'on va jusqu'à ce que l'on en ait presque au menton. Alors on danse, on saute, on s'en donne à cœur joie. Chaque fois qu'on voit arriver une lame plus haute que les autres, on crie : *A la lame !* pour que tout le monde se mette sur ses gardes, c'est-à-dire serre la corde, et ferme la bouche ; et la vague vous soulève, et passe majestueusement au-dessus de vos têtes.

MARIE.

Alors vous vous trouviez tout à fait sous l'eau ? Et vous n'aviez pas peur ?

ÉVÉLINA.

Pas le moins du monde.

Cela nous amusait, au contraire, beaucoup. On ne reste sous l'eau qu'un instant, pendant que la lame passe pour aller se fondre en écume sur le rivage. Quelquefois cependant nous étions bien attrapées : c'est quand nous étions surprises par une lame pendant que, nous soulevant de terre, nous nous laissions flotter sur l'eau suspendues à la corde : c'était là notre manière de faire la planche. Mais pendant qu'on se balançait ainsi en babillant, arrivait sournoisement une lame qui vous coupait la parole et vous salait la bouche... et, pour vous consoler, on se moquait de vous.

BERTHE.

Mais si malheureusement, dans ces moments-là, vous aviez lâché la corde?

ÉVÉLINA.

Vous ne sauriez vous imaginer combien on s'y cramponne, sans avoir besoin d'y penser, et par un mouvement naturel. Puis je suppose que cela me fût arrivé : la vague m'eût emportée vers le rivage, et laissée presque à sec sur le sable. De plus, il y avait toujours là le maître nageur prêt à nous repêcher, comme il disait. Enfin nous

allions toujours nous baigner
à marée montante, quand le
courant et les lames portent
à terre.

MARIE.

Vous ne quittiez donc ja-
mais la corde tant que vous
étiez dans l'eau?

ÉVÉLINA.

Oh! si, lorsqu'une grande
personne voulait nous donner la main. Parrain m'appre-
nait à nager. Je commence
déjà à me soutenir toute
seule. Il venait quelquefois
se baigner en même temps
que nous une grande demoiselle qui nageait très-bien;
celle-là ne touchait jamais à

la corde; elle se jetait à la
mer avec son père, et tous les
deux s'en allaient côte à côte,
et en causant, faire une pro-
menade bien au delà de
l'anse. Cette demoiselle nageait avec une aisance et une
grâce parfaites. Elle glissait
à la surface de l'eau comme
un poisson.

Mon frère, lui, avait ima-
giné une autre manière de
prendre son bain : il se cou-
chait sur le sable un peu en
avant de l'endroit où les
lames venaient mourir. Son
corps faisant obstacle, elles
se brisaient contre lui et l'en-
veloppaient d'une nappe

d'écume. Il trouvait cela charmant.

Ce n'est que vers la fin de notre séjour à Sainte-Marie que nous n'avons plus pris nos bains avec le même plaisir, à cause de l'apparition d'une énorme quantité de méduses. Ce sont bien les plus dégoûtantes bêtes qu'on puisse imaginer. Figurez-vous de larges calottes, dont la substance molle et transparente ressemble à de la gélatine. Ces calottes flottent sur l'eau. Leur côté convexe, qui regarde le ciel, est lisse; mais en dessous, attaché à la calotte par des cartilages, pend le corps de l'animal, muni de longues pattes ou bras.

Quand on n'a vu une méduse que dans l'eau, son demi - globe transparent, d'une couleur nacrée, dont les bords sont animés d'un mouvement ondulatoire, n'a rien de repoussant. Mais une méduse que la mer a jetée et laissée sur le sable n'offre plus qu'une masse informe et d'un aspect gluant, dont on se hâte de détourner les yeux.

Eh bien, pendant les huit derniers jours que nous sommes restés à Sainte-

Marie, non-seulement on ne pouvait faire un pas sur la plage sans rencontrer des cadavres de méduses; mais quand nous nous baignions, celles qui flottaient encore venaient à chaque instant nous passer sous le nez, et nous avions fini par ne plus entrer dans l'eau qu'une baguette à la main, pour les écarter de nous.

MARIE.

Cependant ces méduses ne vous faisaient point de mal ?

ÉVÉLINA.

Comment voulez - vous qu'elles nous fissent du mal,

puisque le seul signe de vie qu'elles nous paraissaient donner consistait dans le mouvement ondulatoire du bord extérieur de leur calotte?

BERTHE.

Et comment cette calotte était-elle grande?

ÉVÉLINA.

Il y en avait de toutes les tailles, depuis la largeur de mon chapeau de jardin jusqu'à celle d'un verre à boire. Il paraît qu'il y a un grand nombre d'espèces de méduses, et que dans les mers tropicales on en rencontre quelquefois des bandes qui

occupent l'espace de plu-
sieurs kilomètres. Certains
grands poissons, et notam-
ment les baleines, en font
leur pâture; du reste, elles
sont exposées, sans aucune
défense, à la voracité de tous
leurs ennemis, puisqu'elles
sont sans armes et ne peuvent
se déplacer qu'avec une ex-
trême lenteur.

BERTHE.

Mais alors comment les méduses se nourrissent-elles?

ÉVÉLINA.

Les méduses mangent tous
les petits animaux qui passent
à leur portée, et qu'elles par-
viennent à pousser dans leur

bouche après les avoir saisis ou plutôt enlacés dans leurs bras. Leur bouche est une espèce de trou rond, semblable à un entonnoir, qui termine la partie inférieure de leur corps.

Parmi les méduses, il y a trois ou quatre variétés dont les bras sont très-nombreux, très-déliés et toujours en mouvement. Il en est d'autres dont les bras sont couverts de piquants imperceptibles, qui produisent sur tout ce qu'ils touchent un effet semblable aux feuilles de l'ortie : aussi les appelle - t - on, dans certains pays, *orties de mer*.

BERTHE.

Voilà de singuliers ani-
maux; et je comprends que
lorsqu'on se baigne leur voi-
sinage n'est pas du tout
agréable.

ÉVÉLINA.

C'est surtout par leur
nombre qu'elles nous sont
devenues insupportables.
Quand nous n'en rencon-
trions qu'une de temps en
temps, nous l'examinions
avec curiosité ; mais plus
tard, lorsque les vagues nous
en apportaient par centaines,
et qu'elles pourrissaient sur
le rivage, nous nous en dé-

tournions avec dégoût, et nous ne voulions plus en entendre parler.

MARIE.

Et que faisiez-vous après votre bain?

ÉVÉLINA.

Ordinairement après notre bain nous rentrions pour dé-jeuner ou pour dîner...

BERTHE.

Comment, pour déjeuner ou pour dîner? Vous ne pre-niez donc pas toujours votre bain à la même heure?

ÉVÉLINA.

Non, et cela à cause de la marée. Vous savez bien que la mer monte pendant six heures, et se retire ensuite pendant six autres heures ; et je vous ai dit que toujours nous saisissions pour nous baigner le moment où elle était assez haute pour couvrir la belle plage dont je vous ai parlé.

BERTHE.

Eh bien alors, puisque tu dis que la mer monte pendant six heures et redescend ensuite pendant le même espace de temps, pour la trouver au même point sur votre sable fin il fallait revenir tous les jours à la même heure.

MARIE.

C'est clair, cela.

ÉVÉLINA.

Sans doute, si l'heure de la marée ne changeait pas ; mais elle change tous les jours. Ainsi, je suppose qu'aujourd'hui elle soit tout à fait haute à midi, demain elle ne sera au même point qu'à une heure moins un quart, et tous les jours elle reculera ainsi de trois quarts d'heure environ. Il faut donc prendre son heure et non la vôtre.

BERTHE.

Ce doit être bien curieux de voir une masse d'eau comme la mer s'avancer et se retirer ainsi !

ÉVÉLINA.

Oh! sans doute, et je suis restée bien souvent des heures entières à reculer peu à peu devant les vagues de la marée montante, dont chacune venait mourir un peu plus avant sur le sable. C'est surtout là où la côte est parsemée de rochers à sec à marée basse, que je prenais plaisir à suivre les progrès de la mer.

Parmi les rochers, il y en avait un surtout que j'aimais à voir disparaître tout à fait. Il était isolé et terminé en haut par une espèce de tête de monstre avec des cornes. Ce n'était que lorsque la mer

se trouvait déjà à moitié pleine
que les vagues commençaient
à mouiller son pied. Elles
semblaient d'abord le cares-
ser doucement; mais peu à
peu elles se fâchaient et revenaient d'instants en instants
plus hautes et plus menaçan-
tes. Enfin une lame parvenait
jusqu'à lui sans être brisée,
le heurtait au milieu de sa
course, lui jetait de l'écume
à la figure, et, ne pouvant
encore le franchir, se séparait
en deux larges nappes bouil-
lonnantes qui couraient le
long de ses flancs, se re-
joignaient derrière lui et
s'écoulaient aussi rapide-

ment qu'elles étaient venues.

Dès ce moment, la guerre entre la mer et le rocher commençait tout de bon. Les vagues se succédaient sans relâche, le frappant, l'enveloppant, l'escaladant avec une agitation, un tapage qui quelquefois contrastait avec le calme qui régnait sur tout le reste de la plage, où la mer montait tranquillement parce qu'elle ne rencontrait aucun obstacle qui la contrariât.

A mesure que la marée s'élevait et que le rocher paraissait s'enfoncer, les vagues le traitaient moins rudement; elles grondaient et écumaient moins fort. Enfin, lorsqu'elles passaient librement au-dessus de lui, tout le tapage cessait, bien qu'il montrât encore de temps en temps ses cornes dans le large et profond sillon qui se formait après elle.

Que de fois, pendant que je cherchais des coquillages, ou que je furetais dans des trous avec un bâton pour en faire sortir des crabes, sans me défier de la marée, ai-je senti tout à coup l'eau me monter aux jambes ! Tous les jours nous y étions pris, parce que la mer monte par secousses, et qu'il y a des vagues qui vont beaucoup plus avant qu'on ne le supposerait en les voyant s'affaisser assez loin de soi.

MARIE.

Qu'est-ce donc que ces crabes dont tu nous parles?

ÉVÉLINA.

Les crabes sont des animaux de la même famille que les écrevisses. Ils ont comme celles-ci dix pattes, dont deux armées de larges et fortes pinces; mais la forme de leur corps est différente. Au lieu de l'avoir allongé et terminé par une queue, les crabes sont presque ronds, et la cuirasse qui couvre leur dos est d'une seule pièce.

Il paraît qu'il y a beaucoup d'espèces de crabes ; mais nous n'en avons rencontré que trois espèces, dans les environs de Sainte-Marie, qui sont très-faciles à reconnaître : le crabe *enragé,* le crabe *dormant* et le crabe *nageur.*

Le premier, qui est très-commun et dont la cuirasse est verdâtre, court très-vite : il est hardi et vorace ; c'est celui qu'à marée basse on retrouve le plus loin de la mer. On n'a qu'à jeter, dans une de ces petites flaques d'eau que la mer laisse en se retirant, un ver, un insecte, une moule arrachée de sa coquille, aussitôt un crabe *enragé* sort d'une fente de rocher, de dessous une pierre, se précipite dessus, la mange ou l'emporte. Dans le commencement, je n'osais pas les prendre à cause de leurs pinces; mais on m'a montré la manière de les saisir sans qu'ils puissent vous faire mal, et dès ce moment je ne fus plus embarrassée pour mettre dans mon panier ceux que je trouvais.

MARIE.

En trouviez-vous beaucoup?

ÉVÉLINA.

Des *enragés?* oh! tant que nous aurions voulu; mais ce n'étaient pas ceux-là que nous recherchions, parce qu'ils ne valent pas grand'-chose; c'est aux *dormants* que nous faisions la chasse. Ceux-ci sont très-bons à manger, mais plus difficiles à dénicher. D'abord on ne peut les trouver que lorsque la mer est au plus bas, parce que ce sont des paresseux qui ne voyagent guère, et qui ne s'aventurent que rarement dans les endroits découverts et loin de leurs retraites. Ils se creusent de

longues galeries tortueuses
dans ce que les pêcheurs
appellent des crasses de
mer (1), d'où l'on ne peut
les déloger qu'en brisant à
coups de pioche ces masses,
qui ressemblent extérieure-
ment à d'énormes éponges,
dont chaque trou a été ou
est la cellule d'un petit animal dont j'ai oublié le nom.

Quand on a mis ainsi le
dormant à l'air en démolis-
sant sa maison, il rentre ses
pattes sous sa cuirasse et
reste immobile. C'est seulement lorsqu'il se sent saisi
qu'il allonge ses pinces, et

(1) Concrétions madréporiques.

cherche à s'en servir pour
se défendre.

MARIE.

Et les crabes *nageurs?*

ÉVÉLINA.

Pour les *nageurs*, non-
seulement ils sont très-vifs,
mais on ne les trouve que
sous les pierres qui baignent
dans l'eau. Dès qu'un d'eux
sent qu'on soulève la pierre
qui l'abrite, il va se blottir
sous une autre, et cela si
lestement, qu'à peine le
voit-on passer. Quand nous
en avions découvert un dans
une flaque qui n'était ni
trop large ni trop profonde,
pour nous en emparer nous

commencions par ôter, les unes après les autres, toutes les pierres sous lesquelles il pouvait se cacher. Ainsi privé de tous ses lieux de refuge, il courait en nageant en tous sens, sans cependant, comme les *enragés,* essayer de sortir de la flaque pour s'échapper à pied sec. Il n'y avait donc plus qu'à le prendre, ce qui n'était pas commode; car presque toujours il jouait de ses pinces de manière à effrayer de plus braves que nous.

Pour préserver nos doigts, voici comment nous opérions. L'un de nous tenait le

panier tout prêt, pendant
qu'un autre excitait le crabe
avec le bout d'une baguette.
L'animal ne manquait pas
de la saisir avec sa pince;
alors celui ou celle qui tenait la baguette l'enlevait
adroitement ainsi suspendu,
et le faisait retomber dans
le panier.

MARIE.

Voilà un excellent moyen,
en effet, de ne pas risquer
vos doigts. Mais comment le
crabe était-il assez maladroit
pour ne pas quitter le bout
de la baguette quand il se
sentait enlevé?

ÉVÉLINA.

C'est une réflexion que j'ai souvent faite. Ce qu'il y a de sûr, c'est que tous les crabes agissent de même; ils se laissent plutôt traîner et enlever que de lâcher prise.

BERTHE.

Et les moules, comment les preniez-vous?

ÉVÉLINA.

Les moules? oh! celles-là, nous n'avions que la peine de les arracher des rochers auxquels elles vivent attachées, sans plus bouger de place qu'un fruit sur un arbre. Le seul mérite dont

on pût faire preuve quand
maman nous en commandait
un plat pour le dîner, c'était
d'en trouver de grosses et
grasses.

Nous les rencontrions au
moment où la mer était tout
à fait descendue, parce que
les meilleures moules sont
celles qui sont le plus longtemps sous l'eau; or ce sont
naturellement celles que la
marée ne découvre que lorsqu'elle arrive au terme de sa
retraite, pour les recouvrir
une demi-heure après. Aussi,
et par la même raison, les
moules les plus estimées
sont-elles ramassées pen-

dant les grandes marées.

BERTHE.

Il y a donc de petites et de grandes marées?

ÉVÉLINA.

Sans doute. Quand la lune est pleine ou nouvelle, les marées sont beaucoup plus fortes que le reste du temps. Ainsi, je suppose que ce soit aujourd'hui pleine lune : eh bien, c'est demain que la marée sera la plus forte, c'est-à-dire que la mer montera le plus haut et se retirera le plus loin. Après-demain elle sera un peu moins forte, et continuera ainsi à devenir plus faible de jour en jour jusqu'au dernier quartier. A partir du dernier quartier jusqu'à la nouvelle lune, elle augmentera, au contraire, tous les jours de force. Puisque les meilleures moules sont celles qui sont le moins longtemps hors de l'eau, il est clair que celles qui ne voient le jour qu'aux époques assez éloignées des plus grandes marées, se trouvent dans les conditions requises pour être excellentes

BERTHE.

Mais quelle est la cause des marées ?

ÉVÉLINA.

Voilà, par exemple, ce que

je ne me chargerai pas de
vous expliquer; c'est beaucoup trop savant pour nous,
d'après ce qu'on m'a dit. Il
faut donc nous contenter du
fait, que de petites filles
comme nous peuvent ob-
server aussi bien que les
savants, sans pour cela l'expliquer. Cela regarde les as-
tronomes, parce que la lune
est pour beaucoup dans le
mouvement des marées.

Ce que j'ai à vous dire
encore, c'est que tous les
ans, à certaines époques de
la pleine lune, il y a des
marées extraordinaires et
qui s'élèvent très-haut; cela

a lieu, je crois, en mars et
en septembre.

MARIE.

Et vous faisiez quelquefois
de longues promenades au
bord de la mer ?

ÉVÉLINA.

Je le crois bien, nous ap-
pelions cela aller à la décou-
verte. Un jour nous avons
formé le projet de pousser
une reconnaissance jusqu'à
l'embouchure de la Loire,
et nous avons eu le courage
d'exécuter ce projet, ce qui
est très-glorieux pour nos
petites jambes.

Un beau matin donc, nous
partîmes cinq : parrain et

ses deux garçons (Henri et Charles), mon frère Alfred et moi ; plus un chien, maître Trim, qui nous précédait en éclaireur.

Comme il avait été décidé que nous suivrions le rivage, où il n'y a ni auberge ni maisons, nous avions emporté des vivres pour la journée, excepté de l'eau, parce que nous comptions sur les sources que nous rencontrions en route.

Nous nous mîmes en marche en suivant le sentier des douaniers, qui serpente tout le long de la côte et ne s'en écarte que lorsqu'il n'y a pas moyen de passer; et je vous assure que cet intrépide sentier ne se dérange pas pour de minces obstacles. S'il rencontre un rocher, il l'escalade, pourvu que le pied puisse trouver à s'y appuyer; s'il rencontre une pente, à moins qu'elle ne soit à pic, il la descend. Bref, s'il nous avait fallu le suivre pendant les premiers temps de notre séjour à Sainte-Marie, nous ne l'aurions certainement pas pu; mais depuis quinze jours nous nous étions fait *le pied marin.*

Ensuite nous avancions à la file, en bon ordre, posé-

ment : Henri en tête, parce
que c'était le plus calme et le
plus prudent de la bande ;
parrain fermait la marche
pour avoir l'œil sur tous.
Lorsque devant un passage
difficile Henri hésitait, parrain criait : Halte ! et alors il
fallait que tout le monde
s'arrêtât court; c'était la con-
signe.

Parrain venait reconnaître
le terrain. S'il s'agissait d'une
descente à effectuer le long
d'un rocher au moyen de
marches plutôt indiquées
que taillées, parrain passait
devant et nous faisait franchir
l'obstacle les uns après les

autres, en nous donnant la
main.

Quant aux montées, aux
escalades, parrain ne se don-
nait jamais la peine de se
déranger, sous prétexte qu'à
la grimpée on ne va jamais
plus vite qu'on ne veut.

Toutes les fois que nous
rencontrions quelque chose
de curieux, des rochers que
la mer avait détachés de la
côte, et qui en tombant avaient
pris les positions les plus bi-
zarres, des grottes, des animaux, des plantes que nous
voyions pour la première fois,
on faisait une pose, et les
explications commençaient

Après chaque heure de
marche on s'arrêtait pour se
reposer pendant quinze minutes, dans le premier endroit
convenable, presque toujours
une petite crique bien abritée; mais il n'était permis de
s'asseoir sur le sable qu'a-
près avoir mis, les garçons
une seconde blouse, et moi
mon caraco, que l'on quittait
en repartant.

Nous visitâmes ainsi l'anse
du Sablot, qui, avec sa forme
de demi-lune et sa ceinture
de rochers à pic, interrom-
pue seulement du côté de la
mer, ressemble à un cirque
romain. Sur la plage, plus

inclinée qu'ailleurs, la mer est toujours dure, et les lames s'y brisent avec fracas, même quand on les entend à peine ailleurs.

Au fond de cette anse il y a une source qui sort du rocher, et dont l'eau est délicieuse. Elle se réunit dans un petit bassin où elle arrive goutte à goutte. Le plus singulier, c'est que ce petit bassin, qui ne tient pas un demi-seau d'eau, est toujours plein et ne déborde point; il faut qu'il se vide par-dessous.

Un jour que nous étions allés remplir une cruche à la

source du Sablot pour nous régaler, nous vîmes à moins de cinquante pas de terre défiler une bande de marsouins, qui cheminaient en faisant des cabrioles hors de l'eau. On apercevait d'abord leur tête, puis l'aileron pointu de leur dos, puis leur queue. A chacun de leurs sauts, l'eau jaillissait autour d'eux. Ils avaient l'air de se poursuivre en jouant. Les plus gros avaient près de deux mètres de long.

BERTHE.

Et le lendemain vous n'aviez pas peur en allant vous baigner près de là?

ÉVÉLINA.

Non, parce que les mar-
souins ne sont pas méchants,
ou du moins parce qu'ils n'at-
taquent jamais l'homme.

BERTHE.

C'est égal, je ne me croirais
pas en sûreté dans le voisi-
nage d'un si gros poisson.

ÉVÉLINA.

D'abord tu sauras que si
l'on ne voulait pas se baigner
là où il y a des marsouins, il
faudrait renoncer aux bains
de mer; car ces animaux sont
d'autant plus nombreux sur
les côtes de France, que les
pêcheurs ne leur font pas la
guerre, et ne leur deman-

dent que de ne pas venir
étourdiment déchirer et em-
mêler leurs filets. Ensuite
tu sauras que le marsouin
n'est pas un poisson.

MARIE ET BERTHE.

Comment! ce n'est pas
un poisson? un animal qui
vit dans l'eau, rien que dans
l'eau, qui a des nageoires et
pas l'ombre de pattes!...

ÉVÉLINA.

Votre étonnement me
semble tout naturel; j'ai été
aussi surprise que vous l'êtes
quand parrain nous a dit
cela. Voici pourquoi le marsouin n'est pas plus un poisson que la baleine, le cacha-

lot, le dauphin, etc.: c'est qu'ils ont le sang chaud, qu'ils sont obligés de mettre la tête hors de l'eau pour respirer ; c'est que les femelles mettent au monde des petits qu'elles allaitent. Les marsouins, bien qu'ils vivent dans la mer, ont donc été placés par les naturalistes dans la même classe que celle à laquelle appartiennent les chats, les chiens, les chevaux, les éléphants, etc., la classe des mammifères.

Les poissons proprement dits ont le sang froid, n'ont pas besoin de venir respirer

hors de l'eau, et leurs femelles pondent des millions
d'œufs dont elles ne s'occupent plus, et qui éclosent
comme ils peuvent sans leur
participation.

BERTHE.

Voilà ce dont je ne me
doutais pas. J'appelais poisson tout animal sans pattes
et vivant dans l'eau.

ÉVÉLINA.

Les naturalistes, vois-tu,
en classant les animaux qui
peuplent la terre, ne pouvaient pas avoir égard à
l'élément dans lequel ils
vivent, parce que chaque
élément renferme des ani-

maux dont l'organisation est très-différente. Tu viens d'en avoir la preuve tout à l'heure, puisque les marsouins, qui habitent la mer, n'ont de commun avec les poissons que la configuration du corps; tandis qu'au contraire la circulation de leur sang, les battements de leur cœur, leur manière de respirer et de se multiplier, veulent qu'on les range parmi les animaux organisés de même qui habitent la terre. Qu'importe que ceux-ci aient des pieds et des pattes, et diffèrent des marsouins par l'extérieur, si les uns et les autres sont pourvus des mêmes organes essentiels, et si ces organes fonctionnent de la même manière?

MARIE.

Mais nous voilà bien loin de votre excursion; revenons-y.

ÉVÉLINA.

Je vous disais donc que nous avions successivement visité l'anse du Sablot, dont il vient d'être question; après celle-ci l'anse du Porteau, qui, par ses bords escarpés et par la profondeur avec laquelle elle s'avance en ligne droite dans les terres, res-

semble à l'embouchure d'une
rivière. Sa configuration per-
met aux bateaux de Noir-
moutiers d'y venir débarquer
du sel et des engrais. Ces
engrais sont composés avec
des plantes marines et des
moules. Nous en trouvâmes
des tas en assez grand
nombre le long du rivage;
ils étaient loin de sentir la
rose.

L'anse de Port-Min, que
nous rencontrâmes ensuite,
est beaucoup moins profonde
et moins abritée que le Porteau; mais en revanche elle
est cinq ou six fois plus
large, et forme une grève

magnifique dont le sable est gros comme du sel de cuisine; aussi y marche-t-on sans se fatiguer. C'est à Port-Min que nous avons ramassé le plus de coquillages.

BERTHE.

Est-ce là que vous avez ramassé ces beaux coquillages que je vois sur votre étagère?

ÉVÉLINA.

Non pas, non pas. Ces coquilles aux brillantes couleurs et de grande dimension ne se trouvent pas dans les mers qui baignent les côtes de France. Voici celles que

nous avons ramassées, ajouta
Évélina en vidant sur ses
genoux le contenu d'une cor-
beille. Comme vous voyez, il
y en a une infinité d'espèces :
de petites porcelaines, des
cornets dont j'ai oublié le
vrai nom, des toupies, des
tellines et beaucoup de
fretin : quelle prodigieuse
variété de forme et de couleurs ! Maman m'a promis un
livre dans lequel je trou-
verai le nom de toutes ces
coquilles, et des détails sur
la manière de vivre et de se
nourrir des petits animaux
auxquels elles servent de
maison.

Je reprends notre itiné-
raire. En quittant Port-Min,
nous arrivâmes à la source
minérale de Préfailles, qui
se trouve entre Port-Min et
l'établissement des bains de
mer de Préfailles. L'eau de
cette source, qui contient du
fer, est en grande réputation
dans le pays. Elle n'a pas le
mauvais goût de la plupart
des eaux minérales; mais
comme boisson habituelle,
elle est bien loin de valoir
l'eau du Sablot.

La source de Préfailles
sort du rocher si près de la
mer, que les vagues de celle-
ci la couvrent à chaque

marée, sauf les jours de morte-eau. On a taillé dans le roc un escalier pour que les malades puissent commodément venir puiser à la source, dont les abords ont également été aplanis.

Enfin, au-dessus du rocher les habitants du bourg de Préfailles, situé à vingt minutes de là, ont construit une maisonnette en bois où les buveurs d'eau, comme on les appelle, et les promeneurs trouvent des bancs pour se reposer et un abri contre le mauvais temps.

Au pied du bourg de Préfailles, sur une grève assez

raboteuse, nous vîmes un établissement de bains dans le genre de celui de Pornic; c'est-à-dire plusieurs rangées de cabanes et une maison où l'on prend des bains de mer dans des baignoires.

Enfin nous atteignîmes la fameuse pointe de Saint-Gildas, qui s'avance dans la mer. A ses pieds finit la Loire. Le fleuve est si large en cet endroit, qu'il ressemble à un bras de mer. A peine distingue - t - on sur l'autre rive les villages et les clochers. Néanmoins, comme le temps était clair et vif, nous apercevions dans le lointain Saint-Nazaire et le Croisic, mais si vaguement, que nous ne pûmes nous faire aucune idée de ces deux petites villes.

Ce qu'il y a de plus curieux à Saint - Gildas, c'est d'examiner la manière dont l'Océan a démoli, déchiqueté les parties de ce promontoire exposées à ses atteintes. On ne voit sur le rivage que rochers arrachés; les uns se sont brisés en tombant, et l'on peut reconnaître les fragments qui proviennent de la même masse; d'autres se sont détachés tout d'une pièce par blocs énormes. Il

y en a deux qui se sont étayés
en tombant ensemble, et,
semblables à deux murs,
sont restés debout. Enfin il
en est de toute taille, de
toutes formes, dans toutes
les positions.

La base du promontoire,
qui, comme vous le pensez
bien, a été le plus travaillée
par la mer, offre des excava-
tions, des fentes, des grottes.
Nous en avons exploré une
au fond de laquelle nous
aperçûmes un grand trou.
Parrain s'engagea dans ce
trou en marchant à quatre
pattes; c'était une espèce de
couloir qui avait plus de

vingt pas de profondeur. Quand il fut au fond, il nous appela, et nous le re- joignîmes.

Je t'avoue qu'en avançant ainsi pas à pas dans une obscurité complète, je n'étais guère rassurée; mais je ne voulais pas laisser voir aux garçons que j'avais peur. Ar- rivés à l'extrémité, nous nous retournâmes; et, juge de notre étonnement! il se trouva que nous voyions clair, parce que nous ne tournions plus le dos à la lumière, et que nos yeux s'étaient accoutumés à l'obs- curité.

Les parois de la grotte étaient unies, sans aspérités, et son sol tapissé d'une couche de sable. Un paquet de goëmon encore vert que nous trouvâmes tout au fond, indiquait que dans les grandes marées les vagues s'engouffraient dans cet étroit couloir, où il n'aurait pas fait bon être blotti en ce moment-là.

Nous avions résolu de faire notre second déjeuner à Saint-Gildas, près d'une petite source qu'on nous avait indiquée. Nous la cherchâmes longtemps, et ce ne fut pàs nous qui la

trouvâmes; ce fut le chien.
Quand nous arrivâmes près
d'un petit creux large
comme une tasse, où se ras-
semblent les gouttelettes qui
suintent le long du rocher,
maître Trim avait sans façon vidé la tasse. Nous la
nettoyâmes avec une poignée
de mousse arrachée au ro-
cher humide, et, cinq à six
minutes après, ce petit creux
était de nouveau rempli
d'une eau limpide et fraîche.
Mais comme il n'en conte-
nait qu'un verre au plus, et
ne se remplissait que lentement, il fallait attendre
son tour pour boire : ce qui

n'était rien moins qu'amusant pour des gens altérés comme nous l'étions.

Je le crois bien, après avoir tant marché! Vous deviez n'en pouvoir plus en rentrant.

C'est vrai. En revenant à Sainte-Marie, il y eut une dernière halte au Porteau. Jusque-là nous faisions bonne contenance; mais à partir du Porteau jusqu'à la maison, la fatigue avait paralysé nos langues : nous marchions en traînant les jambes, et sans mot dire.

Nous nous couchâmes en
arrivant; le lendemain il n'y
paraissait plus.

BERTHE.

Est-ce que vous n'avez
pas fait aussi une prome-
nade en canot?

ÉVÉLINA.

Oui, nous sommes allés
visiter l'île de Noirmoutiers,
située en face de Sainte-
Marie, à douze kilomètres
environ. Nous sommes par-
tis avec un vent très-léger
et une mer très-calme;
aussi avancions-nous fort
lentement. La brise nous
a même tout à fait manqué
en approchant de l'île, et

comme les voiles ne servaient plus, il a fallu que les matelots se missent à ramer.

Enfin nous avons débarqué après une traversée de près de quatre heures.

BERTHE.

Et tu n'as pas eu peur en route?

ÉVÉLINA.

Je t'avoue que quand je me suis vue loin de terre, dans un petit bateau, au milieu d'une immense étendue d'eau, j'ai éprouvé un sentiment qui, s'il n'était pas tout à fait de la crainte, y ressemblait quelque peu.

Mais cela ne m'a prise qu'une ou deux fois.

MARIE.

Et qu'avez-vous vu et fait à Noirmoutiers?

ÉVÉLINA.

D'abord nous sommes allés à la ville, et nous y avons dîné. Ensuite nous sommes montés au château, d'où l'on découvre l'île entière, et à l'ouest l'immensité de la mer.

En descendant de la tour du château, nous nous rendîmes au port, dans lequel se trouvaient une vingtaine de petits navires. Pendant que nous nous amusions à

les considérer, et que parrain nous expliquait en quoi
un chasse - marée diffère
d'une goëlette, un de nos
matelots vint nous avertir
qu'il était temps de retour-
ner vers le point du rivage
qui regarde Sainte-Marie,
et où nous avions laissé le
canot. Cet homme nous fit
prendre un autre chemin
que celui par lequel nous
étions venus; cela nous
procura le plaisir de longer
plusieurs marais salants.
On appelle ainsi les réser-
voirs et les canaux dans
lesquels on fait entrer et
circuler de bassin en bassin

l'eau de mer amenée par une écluse. Cette eau, renfermée dans ces bassins et ces rigoles, s'échauffe par l'action des rayons solaires, s'évapore peu à peu et en s'évaporant dépose le sel qu'elle contient. Comme vous le voyez, le sel se fait tout seul, et il ne s'agit plus que de le ramasser.

Sur les bords des marais salants, nous avons vu d'énormes tas de sel, ayant la forme des meules de blé que les cultivateurs élèvent près de leurs fermes.

On nous montra aussi à Noirmoutiers, mais tout à

fait au bord de la mer, de
grandes fosses dans lesquelles on brûle des varechs,
espèces d'herbes marines
très-abondantes dans ces
parages. Les cendres qui en
proviennent renferment de
la soude; la soude sert à la
fabrication du verre, du sa-
von, et à beaucoup d'autres
choses encore que je ne me
rappelle plus.

Nous vîmes ainsi plu-
sieurs de ces fosses, dont
nous apercevions tous les
jours la fumée blanche de
Sainte-Marie même.

Enfin, après avoir tra-
versé un bois de sapins,

nous atteignîmes notre canot. Pendant notre séjour
dans l'île, une jolie brise
s'était déclarée. Quand nous
fûmes tous embarqués,
les matelots arrangèrent
leurs voiles, et le canot
partit en s'inclinant. Cette
fois, nous filions grand
train, et nous pûmes nous
faire une idée d'une navi-
gation en mer. Je croyais
toujours que les vagues
allaient entrer dans le canot;
mais, à leur approche, il
s'élevait au-dessus d'elles,
et glissait sur leur dos. A
mesure que nous avancions,
l'île de Noirmoutiers sem-

blait s'abaisser derrière
nous, et la côte de Sainte-
Marie semblait, au con-
traire, s'élever. Bientôt nous
reconnûmes son clocher, et,
deux heures et demie après
être partis, nous débar-
quions presque à côté de
l'anse du phare où nous
avions l'habitude de nous
baigner.

J'oubliais de vous dire que,
lorsqu'on donne le nom d'île
à Noirmoutiers, on devrait,
ce semble, ajouter qu'elle
n'est une île qu'à marée
haute, puisque l'on peut, à
marée basse, traverser à
pied sec le bras de mer qui

sépare sa pointe méridionale de la terre ferme.

A propos de ce passage, libre seulement pendant quelques heures, et qui a près de trois kilomètres de large, un vieux marin de Sainte - Marie m'a raconté une histoire bien touchante.

BERTHE.

Alors il faut que tu nous la racontes à ton tour.

ÉVÉLINA.

Parrain me l'a mise au net sur un cahier; j'aime mieux vous la lire.

HISTOIRE

DE

DEUX FRÈRES

HISTOIRE

DE

DEUX FRÈRES

———

I

Dans le bourg de Bar-
bâtre, situé vers l'extrémité
méridionale de l'île de Noirmoutiers, demeurait, il y a
une vingtaine d'années, une
pauvre femme dont le mari

était mort, après avoir longtemps gardé le lit, des suites
d'une chute qu'il avait faite en
serrant les voiles d'un bâ-
timent de commerce de la
Rochelle, sur lequel il na-
viguait comme matelot.

Restée veuve avec deux
garçons très-jeunes encore,
la mère Jouanne, c'est ainsi
qu'on l'appelait dans le pays,
s'était trouvée dans une bien
triste position. Pendant la
longue et douloureuse ma-
ladie de son mari, pas un
sou de gain n'était entré dans
leur maison, parce que ni
lui, qui était alité, ni elle,
qui le soignait, ne pouvaient

travailler. Il en était résulté
que, lorsque le matelot mou-
rut, non-seulement la mère
Jouanne avait épuisé ses
dernières ressources, mais
qu'elle se trouvait endettée
chez le boulanger.

Dès le lendemain de l'en-
terrement de son mari, la
mère Jouanne se mit à
l'ouvrage, comme une brave
et vaillante femme qu'elle
était. Aucun travail, si dur
et si pénible qu'il pût être,
ne la rebutait. Elle allait à
la journée chez les paysans
pour bêcher les champs,
pour porter et répandre le
fumier, pour faire les les-

sives. A l'occasion, elle déchargeait les bateaux, travaillait dans les marais salants. Quand personne n'avait besoin d'elle, elle ramassait des moules, des huîtres, ou pêchait des crevettes. Puis le soir, lorsqu'elle rentrait chez elle après une rude journée, au lieu de se coucher pour se reposer, souvent elle passait une partie de la nuit à raccommoder, à grand renfort de pièces et de coutures, les pantalons et les blouses de ses enfants et ses propres jupes.

Grâce à ce travail soutenu et opiniâtre, la mère Jouanne

était parvenue, en faisant
bien maigre chère, à élever
ses deux garçons. Une fois
que l'aîné, Vincent, eut atteint sa douzième année, elle
l'embarqua comme mousse
sur un bateau de pêche.
D'abord, Vincent ne gagna
rien ; mais il avait un si
grand désir d'aider sa mère
qu'il chercha tous les moyens
d'être utile à son patron,
et s'acquitta avec autant
de zèle que d'intelligence de
la besogne dont on le char-
geait, soit à bord, soit à
terre. Il apprit à raccommoder les filets, à préparer
les lignes de pêche, à amor-

3*

cer les hains (hameçons).
Au lieu de s'amuser avec les
autres mousses, lorsqu'on
l'envoyait en commission, il
filait droit son chemin, et
revenait de même.

Tant de bonne volonté fut
récompensée. Au bout d'un
an, le patron décida que
Vincent aurait une part dans
le produit de la pêche, part
encore bien petite, il est
vrai, mais qu'il était tout
heureux de rapporter au
logis ; car Vincent était un
brave enfant, et, comme nous
le verrons bientôt, en tout
point digne de sa mère.

La mère Jouanne avait

un frère qui demeurait à
Beauvoir, petite ville de la
Vendée qui se trouve sur
la terre ferme, presque en
face de Barbâtre, et à une
petite distance de la mer. Ce
frère était cordier. Il n'avait
pu aider sa sœur aussi effi-
cacement qu'il l'aurait dé-
siré, parce qu'il était pauvre
lui-même et chargé d'une
nombreuse famille, qui se
composait de sa femme et
de quatre filles, dont l'aînée
n'avait que dix ans. Cependant il avait promis à sa
sœur que, lorsque son cadet,
Jean-Baptiste, aurait huit
ans, et serait assez fort pour

tourner sa roue, il le prendrait avec lui et en ferait un
ouvrier sans lui demander le
prix de son apprentissage.

Quand donc Baptiste eut
atteint sa neuvième année,
la mère Jouanne fit demander
au cordier, par un de ses
voisins qui se rendait à
Beauvoir, s'il était toujours
dans l'intention de se char-
ger de son neveu : le voisin
ajouta que l'enfant se portait
bien, était grand pour son
âge, et qu'il serait fort étonné
si le gars ne devenait pas un
bon sujet.

L'oncle répondit qu'il avait
promis, et qu'il ne deman-

dait pas mieux que de tenir
sa promesse ; qu'on n'avait
qu'à lui envoyer son neveu
à la première occasion ; que
sa sœur pouvait être tranquille, parce que Baptiste ne
manquerait de rien, et qu'il
en ferait, Dieu aidant, un bon
ouvrier capable de gagner
honnêtement sa vie.

Le voisin n'eut pas plutôt
raconté à la mère Jouanne
ce que son frère lui avait
dit, que celle-ci lui demanda
s'il ne connaissait pas quelqu'un de Noirmoutiers qui
eût prochainement affaire à
Beauvoir, et qui voulût bien
y conduire le petit.

«J'y retournerai dans huit jours, répondit le voisin, et je me chargerai de Baptiste, à moins que d'ici là vous ne trouviez quelqu'un qui se rende à Beauvoir avant moi.»

Il achevait à peine ces paroles, que Vincent ouvrit la porte de la maison, et vint embrasser sa mère, comme il le faisait toujours en rentrant.

La mère Jouanne fut fort étonnée du retour de son fils, parti quelques heures auparavant et qu'elle croyait à la mer.

« Qu'y-a t-il donc de nouveau, Vincent, dit-elle,

pour que tu sois déjà là?

— Il y a, ma mère, répondit Vincent, que me voilà pour deux à trois jours à terre. En s'embarquant, le patron s'est aperçu qu'un bordage de notre bateau était pourri et ne tenait plus à rien. Nous venons de haler l'embarcation à terre; et le charpentier, qui s'est tout de suite mis à la besogne, a déclaré qu'il lui faudrait au moins deux jours pour rhabiller le bateau; mais quand un charpentier dit deux jours, il faut toujours en mettre trois. C'est une semaine perdue ou à peu près! ajouta Vincent avec un soupir.

— C'est le cas de dire, fit le voisin en riant : A quelque chose malheur est bon. Tu profiteras de ton séjour forcé à terre pour conduire ton frère à Beauvoir; tu verras en même temps ton oncle, qui n'en sera pas fâché, ni toi non plus, j'espère.

— Il prend donc Baptiste, s'écria Vincent, et il consent à lui apprendre son état?

— Oui, répondit le voisin, et sans rien exiger pour son apprentissage. Dans un an il gagnera

quelques sous, outre sa
nourriture.

— Puisque c'est comme
ça, dit Vincent, je ne suis
pas fâché que le patron ait
eu justement ce matin l'idée
de sonder les bordages de son
bateau ; puis, avec le temps
qu'il fait depuis quinze
jours, il vaut mieux avoir
du bois neuf sous ses pieds
qu'une planche pourrie. »

Il fut décidé que le len-
demain les deux frères par-
tiraient pour Beauvoir.

quelque
nouvelle
— Pui…

II

Pour comprendre la partie du récit qui va suivre, il faut se bien rendre compte de la nature du terrain que Vincent et Baptiste devaient parcourir pour se rendre de Barbâtre à la terre ferme.

L'île de Noirmoutiers, en se prolongeant au midi vers le continent, arrive à y être liée par un vaste banc de sable à sec seulement pendant deux à trois heures, selon la force de la marée. En ce moment-là

même, de nombreux ruis-
seaux, dont la largeur, la
profondeur et la direction
changent fréquemment, tra-
versent et coupent ce banc
de sable, où d'ailleurs aucune route n'est tracée. Enfin l'espace à traverser, qui
se trouve successivement découvert et submergé pour
aller de Barbâtre à Beauvoir,
est en droite ligne d'environ trois kilomètres; mais le
voyageur est obligé à de
nombreux détours s'il tient à
aller chercher, pour franchir
les ruisseaux en question,
les endroits où ils sont le
plus guéables.

Les gens du pays estiment que la répugnance de se mouiller au-dessus des mollets allonge le chemin de plus de deux kilomètres; aussi, en été, la plupart des hommes qui savent nager préfèrent-ils aller droit devant eux comme un boulet de canon, passant les ruisseaux qu'ils rencontrent, sans s'inquiéter de leur profondeur.

Sauf de légères ondulations causées par les masses de sable que charrient les vagues et les vents, le terrain est partout plat et bas. Il en résulte que, lorsque la marée commence à l'envahir, elle s'y précipite avec une rapidité et une violence extrêmes. En moins d'un quart d'heure l'eau est partout, et les ruisseaux, devenus des torrents rapides parce que la mer s'engouffre dans leur lit, barrent toute issue au voyageur attardé dans ces dangereux parages.

Pour diminuer la fréquence des accidents, et offrir dans ces moments critiques un refuge momentané aux personnes qui se trouvent surprises par le retour inopiné de la mer, on

a planté de distance en distance des poteaux solide-
ment maçonnés dans le
sable, qui s'élèvent au-dessus des plus fortes marées,
et qui sont garnis d'échelons, ou plutôt de grosses
chevilles disposées abso-
lument comme celles d'un
bâton de perroquet. Le
voyageur qui peut attein-
dre un de ces pieux est
sauvé; il y grimpe, et là,
perché au-dessus des va-
gues, il attend pendant six
à sept heures que la mer,
se retirant, lui permette de
continuer sa route. Si le
soleil n'est pàs trop brûlant,

si une bise glaciale ou quelques averses ne viennent pas aggraver la position du retardataire, sa faction aérienne est plus ennuyeuse que pénible; mais si tous les éléments se mêlent de conspirer à la fois contre lui, alors son supplice est vraiment digne de pitié.

Ces explications données, je reviens à mes héros.

III

Vincent, grâce à son métier, connaissait parfaitement les parages qu'il devait parcourir, pour les avoir

maintes fois fréquentés, soit
à pied, soit en bateau. Il
partit de Barbâtre avec son
jeune frère de manière à
arriver aux grèves lorsque
la marée baisserait encore.
La mère Jouanne accompa-
gna ses enfants jusqu'à une
portée de canon du bourg,
et ne se sépara d'eux qu'a-
près les avoir tendrement
embrassés et avoir adressé à
Baptiste une foule de recom-
mandations et de bons con-
seils, dont le dernier reçut
pour sanction une pièce de
dix sous qu'elle glissa dans
la main du futur cordier.

Les deux garçons continuèrent leur route. Vincent, en homme qui se sent chargé d'une mission de confiance, marchait d'un pas ferme et grave, portant sur l'épaule, au bout d'un bâton, le bagage de son frère. Baptiste le suivait le cœur gros, et se retournant souvent pour regarder en arrière : non pas qu'il ne fût enchanté de la détermination prise à son égard ; mais il n'y a que les mauvais cœurs qui puissent se séparer de leur mère sans une vive et profonde émotion.

Un peu avant qu'ils parvinssent aux grèves, Vincent

s'aperçut que Baptiste boi-
tait tout bas.

« Petit, lui dit-il, est-ce
que tu as mal au pied?

— Non, mon frère, ré-
pondit celui-ci; mais mon
sabot gauche me fait mal
au talon. »

Il faut savoir que la mère
Jouanne avait, le matin
même, acheté une paire de
sabots à son fils. Or, pour un
pauvre enfant comme Bap-
tiste, une paire de sabots
neufs est un cadeau aussi
important que pour vous,
Mesdemoiselles, élevées dans
l'aisance, un mantelet de ve-
lours, ou une magnifique

poupée avec sa garde-robe complète, depuis la camisole de nuit jusqu'à la coiffure de bal. Ne vous étonnez donc pas si Baptiste, dans sa joie de posséder des sabots neufs, n'a pas senti tout de suite qu'un de ces sabots lui coupait le talon.

« Il fallait donc nous dire cela ce matin, répondit Vincent, le sabotier aurait donné quelques coups de gouge à ton sabot, et il ne t'empêcherait pas de marcher. C'est que, quand nous nous serons engagés sur les grèves, il ne s'agira plus de me dire : Je ne peux plus aller !

— Je vais prendre mon sabot à la main, répondit Baptiste. On me l'arrangera à Beauvoir.

— Eh bien! ôte-le, » dit Vincent, qui savait que son frère courait, comme lui, la plupart du temps pieds nus.

Il était environ quatre heures du soir lorsque nos deux voyageurs commencèrent à s'avancer sur les sables que la mer venait de quitter. Le ciel était sombre et chargé, comme il se montre souvent dans les premiers jours du mois de mars, qui commençait à peine. Un vent d'est, âpre et pénétrant, soufflait

avec force, et fouettait la figure de Vincent et de Baptiste. Le premier, qui navi-
guait depuis trois ans, et dont
la peau était déjà tannée sous
la triple influence du soleil,
de l'eau de mer et de la bise,
ne faisait que médiocrement
attention aux rafales. Mais
Baptiste, plus jeune et moins
bronzé, marchait serrant les
épaules, baissant la tête et
tâchant de s'abriter derrière
son frère.

« Forçons un peu le pas,
dit tout à coup Vincent. Je
vois un homme devant nous;
il a l'air de ne pas se presser,
nous le rejoindrons facile-

ment, et nous ferons route ensemble. »

Les deux frères n'étaient plus qu'à une centaine de pas du voyageur, quand celui-ci, rencontrant un de ces cours d'eau qui serpentent sur les grèves, s'arrêta un instant et appuya à droite. Vincent remarqua alors la marche lourde et chancelante de cet homme.

« Ho! l'ami, s'écria-t-il : vous mettez le cap de travers, c'est à gauche qu'il faut prendre ! Ho! là-bas ! »

Mais l'homme n'entendait pas, ou du moins ne faisait pas mine d'entendre.

« Au diable le soûlard ! murmura Vincent. Je ne puis cependant pas le laisser se noyer, et il en enfile le vrai chemin. Attends-moi là, Baptiste. »

Et Vincent prit sa course vers le voyageur, qu'il rejoignit en quelques minutes.

Le malheureux était ivre, et avait, comme on dit, le vin mauvais. D'abord il ne répondit rien à Vincent ; et quand celui-ci, le prenant par le bras, voulut l'arrêter et lui indiquer le bon chemin, l'ivrogne, pour toute réponse et sans desserrer les dents, lui détacha un coup de poing que celui-ci esquiva à peu près.

« Mais parlez-moi donc, reprit le jeune garçon. Vous vous trompez de route ; si vous continuez par là, vous ne sortirez jamais des grèves. Vous voulez donc vous noyer, dites donc, l'ami ? »

Comme, en prononçant ces derniers mots, Vincent barrait la route au bourru personnage qui ne voulait s'exprimer qu'à coups de poings, il se vit menacé d'une nouvelle gourmade.

S'il ne vient personne à mon secours, voilà un homme perdu, pensa Vincent. C'est

qu'il n'y a pas moyen de ti-
rer un mot de ce brutal-là.
Comme le vin peut rendre
un homme pire qu'une bête!
Mais il va toujours. Il n'y a
pas à dire, il faut que je l'ar-
rête.

Et Vincent, s'avançant doucement derrière l'ivrogne,
lui saisit brusquement une
jambe, et le jeta sans peine
sur le sable.

Soit que notre homme n'eût
pas conscience de l'agression
dont il venait d'être l'objet,
soit qu'il se trouvât mieux
par terre que debout, il ne
souffla pas et resta pendant
cinq minutes sans faire mine

de chercher à se relever, et sans s'occuper le moins du monde de Vincent, qui tâchait toujours de lui faire entendre raison. Enfin, après deux ou trois tentatives infructueuses, l'ivrogne se remit sur ses jambes. Vincent le laissa faire, espérant qu'il prendrait à gauche ; mais c'était une idée fixe chez le personnage de suivre la droite, et il reprit cette direction. Vincent employa son même moyen pour l'arrêter de nouveau. Cette fois l'ivrogne se fâcha tout rouge, se releva le plus vite qu'il put, et poursuivit celui qui, pour le sauver, perdait un temps précieux ; Vincent s'esquiva en suivant la bonne route, et n'eut pas grand'peine à ne pas se laisser atteindre par un homme qui ne marchait qu'en zigzag.

La Providence voulut que des sauniers (on appelle ainsi les ouvriers des salines) qui revenaient de la terre ferme et se rendaient à Noirmoutiers, arrivassent sur ces entrefaites. Vincent les appela, et en deux mots les mit au fait de ce qui se passait.

« Poursuis lestement ta route, répondit un des sauniers à Vincent, qu'il connaissait ; car il commence à se faire tard pour passer les grèves. Tu es un brave garçon d'avoir arrêté cet imbécile, et tu peux te vanter aujourd'hui d'avoir sauvé la vie à un homme. Nous ne l'aurions certainement pas rencontré, ni nous ni d'autres, s'il avait continué sa pointe de ce côté-là. Maintenant pars tranquille, nous nous chargeons de l'homme, et de gré ou de force il faudra bien qu'il suive le droit chemin. Mais ne t'amuse pas en route, petit, ajouta le saunier en tirant sa montre; tu n'as que cinq quarts d'heure pour attraper le solide. »

Vincent, qui s'était débarrassé de son bâton et de son paquet pendant sa lutte avec l'ivrogne, repritl'un et l'autre, et se remit en route avec son frère. Celui-ci, qui n'avait pas bougé de place, grelottait.

Vincent s'en aperçut et lui dit : « Il n'est pas étonnant que tu aies froid : tu es resté là planté comme un chou : filons, et avant un quart d'heure tu auras chaud comme moi.

« Allons, courage, Baptiste! s'écria Vincent, après une demi-heure de marche, en passant devant un de ces grands pieux à échelons dont j'ai indiqué la disposition et l'usage. Nous voilà juste à moitié route ; monte sur mon dos pour que je te passe de l'autre côté de ce ruisseau ; laisse-moi seulement retrousser mon pantalon.»

Les deux frères avaient depuis quelques instants traversé un second ruisseau, l'un portant l'autre, quand un de ces lourds nuages que poussait le vent d'est creva sur leurs têtes avec un déluge de pluie mêlée de grêle. La rafale était si violente, l'eau tombait si dru et si roide, les grêlons chassés par la tourmente piquaient si cruellement le visage et les mains, que Baptiste et Vincent lui-même durent s'arrêter et présenter le dos à cette giboulée, qui ne ressemblait que trop à un ouragan. Ils ne voyaient pas à trois mètres autour d'eux.

La bourrasque, comme toutes celles de ce genre, fut heureusement de courte durée, et les deux frères purent continuer leur route. Seulement, malgré les encouragements et les plus pressantes instances de Vincent, Baptiste, las, trempé jusqu'aux os, n'avançait pas aussi vite que son frère le jugeait né-

cessaire. Ce n'est pas que le
pauvre enfant n'y mît beaucoup de bonne volonté; mais
il avait beaucoup pleuré le
matin, il avait à peine dîné,
et se trouvait dans un de ces
moments fâcheux où le corps
et surtout les jambes n'ont
pas leur vigueur habituelle.
Baptiste, en effet, avait souvent pour son plaisir, avec
des camarades de son âge,
bravé de plus mauvais temps
et accompli de plus rudes
corvées que la course qu'il
devait faire ce jour-là.

Au bout de deux cents
pas, Baptiste s'arrêta court
et porta vivement la main à

son pied. Il venait de poser un de ses orteils sur une coquille tranchante qui l'avait assez profondément coupé.

« Que le bon Dieu ait pitié de nous! dit Vincent; il ne nous manquait que cela pour nous achever.

— Je marcherai tout de même, mon frère, répondit Baptiste; ça ne me fait plus grand mal.

— Assieds-toi, dit Vincent, pour que je t'entortille le pied avec mon mouchoir; car le sable entrerait dans la coupure, et tu ne pourrais plus faire un pas. »

Baptiste s'assit, et Vincent arrangea son pied le mieux qu'il put. Mais quand son frère voulut se relever, ses jambes étaient si roides, qu'il eut besoin d'être presque soulevé.

Ils partirent, Baptiste se laissant plutôt traîner qu'il ne marchait.

En côtoyant une large flaque, Vincent vit avec effroi que l'eau, au lieu de rester immobile, tournoyait lentement, et que quelques flocons d'écume flottaient à sa surface.

« Le flot, déjà le flot! s'écria-t-il. Allons, mon Baptiste, un dernier effort pour gagner le pieu que nous entrevoyons là-bas? faut y arriver, ou nous sommes perdus. »

La peur rendit des forces à l'enfant, et il put courir pendant quelques instants et franchir à peu près la moitié de la distance qui les séparait du pieu. Mais ce suprême effort épuisa ses forces ; ses jambes chancelèrent, et il tomba sur les genoux.

Un rauque bruissement annonçait l'arrivée de la marée.

Vincent jeta son bâton, son paquet ; chargea son frère sur ses épaules, et lorsqu'il

atteignit le pieu il avait déjà
de l'eau jusqu'aux genoux.
Il n'aurait pu faire vingt pas
de plus avec son fardeau ;
car déjà son cœur battait à
briser sa poitrine, sa langue
se collait à son palais des-
séché, et le souffle allait lui
manquer.

Il eut beaucoup de peine à
hisser Baptiste, à peu près
sans connaissance, d'échelon
en échelon.

Il le crut un moment sau-
vé ; mais bientôt une idée
affreuse traversa son esprit
à la vue de son frère dont
les mains étaient glacées, le
visage d'une pâleur violette,

et dont les yeux appesantis se fermaient.

Je vais voir mon pauvre Baptiste mourir de froid dans mes bras, pensa Vincent, s'il doit rester ici six heures exposé au vent et à la pluie, mouillé et harassé comme il l'est. C'est ce que je ne puis pas souffrir.

Sa résolution fut aussitôt prise. Avec sa ceinture, sa cravate et quelques bouts de corde qu'il trouve dans sa poche, il attache solidement son frère aux poteaux et aux échelons, à une élévation où la mer ne puisse pas l'atteindre. Il défait sa grosse veste, dont il le couvre, en noue les manches, et en boutonne les boutons pour que le vent ne l'emporte pas. Puis, descendant du pieu, il se dirige avec de l'eau jusqu'au ventre vers le rivage, dont il était séparé par un trajet d'un kilomètre environ. Mais la marée croissait avec une telle rapidité, qu'à moitié chemin de la côte il commençait à perdre pied. Bientôt les vagues le soulevèrent; heureusement elles le portaient à terre. Il y parvint en nageant, mais dans un état d'épuisement si complet, qu'après quelques pas sur le rivage il

s'affaissa et perdit connaissance. La mer, qui montait
toujours, n'eût pas tardé à le
rejoindre et à l'engloutir, si
Dieu avait pu permettre que
tant de dévouement restât
sans récompense.

Un douanier en faction à
peu de distance du point où
Vincent venait de prendre
terre, l'aperçut sortant de
l'eau. En le voyant tomber
et ne point se relever, il com-
prit le danger qui le mena-
çait et vola à son secours. Il
était temps qu'il arrivât; car
déjà la mer touchait Vincent.
Le douanier, le trouvant éva-
noui, l'emporta dans un poste

situé non loin de là. Les
hommes du poste se hâtèrent
de frotter et de réchauffer
Vincent, qui ne tarda pas à
ouvrir les yeux. Sa première
pensée fut pour son frère. Il
raconta aux douaniers où il
l'avait laissé, et les supplia
d'aller le chercher sans perdre une minute. Ceux-ci ne
se firent pas prier; ils cou-
rurent à leur canot, le mirent
à flot et s'y embarquèrent.
Vincent, quoique brisé de fatigue et d'émotions, voulut
les accompagner.

Ses indications facilitè-
rent singulièrement les re-
cherches des douaniers; car

il les dirigea droit vers le
pieu sur lequel était Baptiste. Ils le trouvèrent dans
le plus triste état, et ce ne
fut qu'après une heure entière des soins les plus em-
pressés que le pauvre garçon
commença à se ranimer et
à revenir complétement à
la vie.

Le chef du poste ne laissa
pas les deux frères continuer leur route vers Beauvoir. Ils avaient, en effet,
grand besoin de repos. Le
brave homme les conduisit
chez lui, les fit souper, leur
donna un bon lit, et ce ne
fut que le lendemain matin

qu'ils se rendirent auprès de leur oncle.

Mais le bruit de leur aventure les avait déjà précédés. Vincent fut fêté, complimenté par une foule de personnes qui vinrent le voir. L'admiration et l'intérêt qu'inspirait Vincent rejaillirent naturellement sur Baptiste, qui restait dans le pays. Bien vu des voisins, bien traité par son oncle, qui finit par le prendre en grande affection, il vécut aussi heureux qu'on peut l'être loin de sa mère, grandit et devint un excellent ouvrier.

BERTHE.

Voilà, comme tu nous le disais, une touchante histoire. Mon oncle, qui a été ce printemps visiter le mont Saint-Michel, nous disait que cette forteresse, qui se trouve à marée basse à plus de huit kilomètres de la mer, devient une île lorsque la mer est pleine. C'est parce que je me rappelais les explications qu'il nous a données à ce sujet que j'ai parfaitement compris ton histoire.

ÉVÉLINA.

Il me semble aussi avoir lu quelque part que les

grèves qui entourent le mont Saint-Michel engloutissent les voyageurs. Ton oncle a dû te parler de cela.

BERTHE.

Sans doute. La plage au fond de laquelle s'élève l'immense rocher sur lequel est bâti le fort Saint-Michel, a environ quarante kilomètres carrés, et en moins d'une heure tout cet espace est envahi par la marée. Un homme monté sur le meilleur cheval ne pourrait pas la devancer (1); mais les

(1) La partie sablonneuse du terrain y est pour beaucoup. Un cheval ne galope pas sur le sable aussi bien que sur une grande route.

sables de ces grèves offrent encore un autre danger. Il y a des endroits où ils sont sans consistance, et où l'on enfonce plus lentement, il est vrai, que dans l'eau, mais sans avoir la ressource de nager. Il faut beaucoup d'habitude, et même une connaissance parfaite des lieux, pour reconnaître ces sables perfides, qui sont à l'apparence aussi secs que ceux sur lesquels on peut marcher sans crainte.

ÉVÉLINA.

Nous n'avons rien vu de pareil à Sainte-Marie; partout le sable était solide.

Nous n'aurions pas été aussi à notre aise à Saint-Michel; puis quel affreux désert que quarante kilomètres carrés de sable nu!

MARIE.

Ces endroits où l'on enfonce s'appellent *lises*. Mon oncle nous disait qu'un navire échoué sur une de ces lises il y a une soixantaine d'années s'y est enfoncé pendant une seule marée de manière à ce qu'il a été impossible de le sauver. Il a disparu peu à peu: d'abord le corps du navire, puis les mâts; et, un mois après son naufrage, il était entièrement englouti.

BERTHE.

Mon oncle ajoutait encore que sur aucun point des côtes de France la marée ne s'élevait aussi haut qu'à Saint-Michel. On y voit tous les ans des marées de plus de quatorze mètres ; cela provient, à ce qu'il paraît, de la multiplicité et de la disposition des îles, rochers, bancs de sable, qui obstruent l'entrée de l'espèce d'entonnoir au fond duquel est situé ce mont Saint-Michel.

En ce moment, la maman de Berthe et de Marie, ayant terminé sa visite à la mère d'Évélina, appela ses filles. Nos demoiselles s'embrassèrent sur les deux joues, et se promirent, en se quittant, de reprendre une autre fois leur conversation.

FIN

152. — Tours. Impr. Mame.

BIBLIOTHÈQUE DE LA JEUNESSE CHRÉTIENNE

FORMAT IN-18 — 1re SÉRIE.

TOURS
ALFRED MAME ET FILS
ÉDITEURS

EDOUARD MAY
DULARGE SCU.

www.ingramcontent.com/pod-product-compliance
Lightning Source LLC
Chambersburg PA
CBHW071228260626
47162CB00004B/1468